Orang Hitam

Orang Hitam

ALDIVAN TORRES

Emily Cravalho

Canary Of Joy

CONTENTS

1 | 1

1

" ORANG HITAM
"

Aldivan Torres
Emily Andrade Cravalho
ORANG HITAM

Oleh: Emily Andrade Cravalho
2020- Emily Andrade Cravalho
Seluruh hak cipta

Buku ini, termasuk semua bagiannya, memiliki hak cipta dan tidak dapat diperbanyak tanpa izin dari penulisnya, dijual kembali atau ditransfer.

Emily Andrade Cravalho, lahir di Brasil, adalah seorang seniman sastra. Menjanjikan dengan tulisannya untuk menyenangkan publik dan menuntunnya ke kesenangan. Bagaimanapun, seks adalah salah satu hal terbaik yang pernah ada.

Dedikasi dan terima kasih

Saya mempersembahkan serial erotis ini untuk semua pecinta seks dan orang mesum seperti saya. Saya berharap dapat memenuhi harapan semua orang yang berpikiran gila. Saya memulai pekerjaan ini di sini dengan keyakinan bahwa Amelinha, Belinha dan teman-teman mereka akan membuat sejarah. Tanpa basa-basi lagi, pelukan hangat untuk para pembaca saya.

Bacaan yang bagus dan sangat menyenangkan.

Dengan kasih sayang, penulis.

Presentasi

Amelinha dan Belinha adalah dua bersaudara yang lahir dan besar di pedalaman Pernambuco. Para putri ayah petani tahu sejak dini bagaimana menghadapi kesulitan sengit kehidupan pedesaan dengan senyuman di wajah mereka. Dengan ini, mereka mencapai penaklukan pribadi mereka. Yang pertama adalah auditor keuangan publik dan yang lainnya, yang kurang cerdas, adalah guru pendidikan dasar kota di Arcoverde.

Meskipun mereka bahagia secara profesional, keduanya memiliki masalah kronis yang serius mengenai hubungan karena tidak pernah menemukan pangeran mereka menawan, yang merupakan impian setiap wanita. Yang tertua, Belinha, tinggal bersama seorang pria untuk sementara waktu. Namun, itu mengkhianati apa yang menghasilkan trauma di hati kecilnya yang tidak dapat diperbaiki. Dia dipaksa berpisah dan berjanji pada dirinya sendiri untuk tidak akan menderita lagi karena seorang laki-laki. Amelinha, kasihan, dia bahkan tidak bisa bertunangan. Siapa yang ingin menikahi Amelinha? Dia berambut cokelat nakal, kurus, tinggi sedang, mata berwarna madu, pantat sedang, payudara seperti semangka, dada dengan bentuk senyum menawan. Tidak ada yang tahu apa masalahnya sebenarnya, atau lebih tepatnya keduanya.

Sehubungan dengan hubungan in terpersonal mereka, mereka sangat dekat dengan berbagi rahasia di antara mereka. Karena Belinha dikhianati oleh bajingan, Amelinha mengambil rasa sakit dari saudara perempuannya dan juga bermain dengan laki-laki. Keduanya menjadi dua dinamis yang dikenal sebagai " Suster sesat ". Meski begitu, pria senang menjadi mainan mereka. Ini karena tidak ada yang lebih baik daripada mencintai Belinha dan Amelinha bahkan untuk sesaat. Haruskah kita mengetahui cerita mereka bersama?

Pria kulit hitam

Amelinha dan Belinha serta para profesional dan kekasih hebat, adalah wanita cantik dan kaya yang terintegrasi ke dalam jejaring sosial. Selain seks itu sendiri, mereka juga mencari teman.

Suatu ketika, seorang pria memasuki obrolan virtual. Nama panggilannya adalah "Manusia Hitam". Saat ini, dia segera gemetar karena dia mencintai pria kulit hitam. Legenda mengatakan bahwa mereka memiliki pesona yang tak terbantahkan.

- Halo cantik! - Anda menelepon pria kulit hitam yang diberkati.
- Halo, baiklah? - Menjawab Belinha yang menarik.
- Semuanya bagus. Tidur yang nyenyak!
- Selamat malam. Saya suka orang kulit hitam!
- Ini sangat menyentuh saya sekarang! Tetapi apakah ada alasan khusus untuk ini? Siapa namamu?
- Nah, alasannya adalah saudara perempuan saya dan saya suka laki-laki, jika Anda tahu apa yang saya maksud. Sejauh namanya, meskipun ini adalah lingkungan yang sangat pribadi, saya tidak menyembunyikan apa pun. Nama saya Belinha. Senang bertemu denganmu.
- Kesenangan adalah milikku. Nama saya Flavius, dan saya orang yang sangat baik!
- Saya merasakan ketegasan dalam kata-katanya. Maksudmu intuisiku benar?
- Saya tidak bisa menjawabnya sekarang karena itu akan mengakhiri seluruh misteri. Siapa nama saudara perempuanmu?
- Namanya Amelinha.
- Amelinha! Nama yang indah! Bisakah Anda mendeskripsikan diri Anda secara fisik?

- Saya pirang, tinggi, kuat, rambut panjang, pantat besar, payudara sedang, dan saya memiliki tubuh pahatan. Dan kau?
- Berwarna hitam, tinggi satu meter delapan puluh sentimeter, kuat, berbintik-bintik, lengan dan kaki tebal, rapi, rambut hangus, dan wajah tegas.
- Aduh! Aduh! Anda mengubah saya!
- Jangan khawatir tentang itu. Siapa yang mengenal saya, tidak pernah lupa.
- Kamu ingin membuatku gila sekarang?
- Maaf tentang itu, sayang! Itu hanya untuk menambah sedikit pesona pada percakapan kita.
- Berapa usia kamu?
- Dua puluh lima tahun dan tahunmu?
- Saya berusia tiga puluh delapan tahun dan saudara perempuan saya tiga puluh empat. Terlepas dari perbedaan usia, kami sangat dekat. Di masa kanak-kanak, kami bersatu untuk mengatasi kesulitan. Ketika kami remaja, kami berbagi mimpi kami. Dan sekarang, di masa dewasa, kami berbagi prestasi dan frustrasi kami. Aku tidak bisa hidup tanpanya.
- Bagus! Perasaanmu ini sangat indah. Aku ingin bertemu kalian berdua. Apakah dia nakal sepertimu?
- Dalam hal yang baik, dia adalah yang terbaik dalam apa yang dia lakukan. Sangat cerdas, cantik dan sopan. Keuntungan saya adalah saya lebih pintar.
- Tapi saya tidak melihat ada masalah dalam hal ini. Saya suka keduanya.
- Apakah kamu benar-benar menyukainya? Tahukah Anda, Amelinha adalah wanita yang istimewa. Bukan karena dia adikku, tapi karena dia memiliki hati yang besar. Saya merasa sedikit kasihan padanya karena dia tidak pernah punya pengantin pria. Saya tahu mimpinya adalah menikah. Dia bergabung dengan saya dalam pemberontakan karena saya dikhianati oleh rekan saya. Sejak itu, kami hanya mencari hubungan yang cepat.

- Saya sangat mengerti. Saya juga cabul. Namun, saya tidak punya alasan khusus. Saya hanya ingin menikmati masa muda saya. Anda tampak seperti orang hebat.
- Terima kasih banyak. Apakah Anda benar-benar dari Arcoverde?
- Ya, saya dari pusat kota. Dan kau?
- Dari lingkungan Saint Christopher.
- Bagus. Apakah Anda tinggal sendiri?
- Iya. Dekat stasiun bus.
- Bisakah Anda mendapat kunjungan dari seorang pria hari ini?
- Kami ingin sekali. Tapi Anda harus menangani keduanya. Baik?
- Jangan khawatir, sayang. Saya bisa menangani sampai tiga.
- Ah iya! Benar!
- Aku akan segera ke sana. bisakah kamu menjelaskan lokasinya?
- Iya. Dengan senang hati.
- Aku tahu dimanah itu. Saya datang ke sana!

Pria kulit hitam itu meninggalkan ruangan dan Belinha juga. Dia memanfaatkannya dan pindah ke dapur tempat dia bertemu dengan saudara perempuannya. Amelinha sedang mencuci piring kotor untuk makan malam.

- Selamat malam untukmu, Amelinha. Kamu tidak akan percaya. Tebak siapa yang datang?
- Saya tidak tahu, saudari.
- Flavius. Saya bertemu dengannya di ruang obrolan virtual. Dia akan menjadi hiburan kita hari ini.
- Dia terlihat seperti apa?
- Itu adalah Black Man. Apakah Anda pernah berhenti dan berpikir bahwa itu mungkin menyenangkan? Orang malang itu tidak tahu apa yang kita mampu!
- Sungguh, saudari! Mari kita habisi dia.
- Dia akan jatuh, bersamaku! - Kata Belinha.
- Tidak! Itu akan terjadi dengan saya-jawab Amelinha.

- Satu hal yang pasti: Dengan salah satu dari kita dia akan jatuh- Belinha menyimpulkan.
- Itu benar! Bagaimana kalau kita menyiapkan semuanya di kamar tidur?
- Ide bagus. Saya akan membantu Anda!

Kedua boneka yang tidak pernah puas pergi ke kamar meninggalkan semuanya diatur untuk kedatangan laki-laki. Begitu mereka selesai, mereka mendengar bel berbunyi.

- Apakah dia, saudari? - Ditanyakan Amelinha.
- Yuk simak bersama! - Dia mengundang Belinha.
- Ayolah! Amelinha setuju.

Selangkah demi selangkah, kedua wanita itu melewati pintu kamar tidur, melewati ruang makan dan kemudian sampai di ruang tamu. Mereka berjalan ke pintu. Ketika mereka membukanya, mereka menemukan senyuman Flavius yang menawan dan jantan.

- Selamat malam! Baiklah? Saya adalah Flavius.
- Selamat malam. Sama Saya Belinha yang sedang berbicara dengan Anda di komputer dan gadis manis di sebelah saya ini adalah saudara perempuan saya.
- Senang bertemu denganmu, Flavius! - Kata Amelinha.
- Senang bertemu denganmu. Bolehkah saya masuk?
- Tentu! - Kedua wanita itu menjawab pada saat bersamaan.

Kuda jantan memiliki akses ke ruangan dengan mengamati setiap detail dekorasinya. Apa yang terjadi dalam pikiran yang mendidih itu? Dia sangat tersentuh oleh masing-masing spesimen betina itu. Setelah beberapa saat, dia menatap tajam ke mata kedua pelacur itu sambil berkata:

- Apakah Anda siap untuk apa yang harus saya lakukan?
- Siap-Menegaskan para pecinta!

Ketiganya berhenti dengan keras dan berjalan jauh ke ruangan yang lebih besar di rumah itu. Dengan menutup pintu, mereka yakin surga akan masuk neraka dalam hitungan detik. Semuanya sempurna: Penataan handuk, mainan seks, film porno yang diputar di langit-langit televisi, dan musik romantis yang semarak. Tidak ada yang bisa menghilangkan kesenangan dari malam yang menyenangkan.

Langkah pertama adalah duduk di samping tempat tidur. Pria kulit hitam itu mulai melepas pakaian kedua wanita itu. Nafsu dan haus mereka akan seks begitu besar sehingga menyebabkan sedikit kecemasan pada wanita-wanita manis itu. Dia melepas bajunya yang menunjukkan dada dan perut bekerja dengan baik dengan latihan harian di gum. Rambut rata-rata Anda di seluruh wilayah ini telah menarik desahan dari para gadis. Setelah itu, dia melepas celananya sehingga tampilan celana dalam Box-Nya menunjukkan volume dan maskulinitasnya. Saat ini, dia membiarkan mereka menyentuh organ, membuatnya lebih tegak. Tanpa rahasia, dia membuang celana dalamnya untuk menunjukkan semua yang Tuhan berikan padanya.

Panjangnya dua puluh dua sentimeter, diameternya cukup empat belas sentimeter untuk membuat mereka gila. Tanpa membuang waktu, mereka menimpanya. Mereka mulai dengan pemanasan. Sementara satu menelan kemaluannya di mulutnya, yang lain menjilat kantong skrotum. Dalam operasi ini, sudah tiga menit. Cukup lama untuk benar-benar siap berhubungan seks.

Kemudian dia mulai penetrasi ke satu dan kemudian ke yang lain tanpa preferensi. Laju kok yang sering menyebabkan erangan, jeritan, dan orgasme berulang setelah tindakan tersebut. Itu adalah tiga puluh menit seks vaginal. Masing-masing separuh waktu. Kemudian mereka menyimpulkan dengan seks oral dan anal.

Api

Malam itu dingin, gelap, dan hujan di ibu kota semua pedalaman Pernambuco. Ada saat-saat ketika angin depan mencapai 100 kilometer per jam membuat takut saudara perempuan Amelinha dan Belinha yang malang. Kedua saudari sesat itu bertemu di ruang tamu di kediaman sederhana mereka di lingkungan Saint Christopher. Karena tidak ada yang bisa dilakukan, mereka berbicara dengan gembira tentang hal-hal umum.

- Amelinha, bagaimana harimu di kantor pertanian?
- Hal yang sama: Saya mengatur perencanaan pajak administrasi pajak dan bea cukai, mengatur pembayaran pajak, bekerja dalam pencegahan dan memerangi penggelapan pajak. Ini kerja keras dan membosankan. Tapi bermanfaat dan dibayar dengan baik. Dan kau? Bagaimana rutinitas Anda di sekolah? - Ditanyakan Amelinha.
- Di kelas, saya menyebarkan konten dengan membimbing siswa dengan cara terbaik. Saya mengoreksi kesalahan tersebut dan mengambil dua ponsel siswa yang mengganggu kelas. Saya juga memberikan kelas tentang perilaku, postur, dinamika, dan nasihat yang berguna. Ngomong-ngomong, selain menjadi guru, saya ibu mereka. Buktinya, pada saat istirahat, saya menyusup ke dalam kelas siswa dan, bersama mereka, kami bermain. Dalam pandangan saya, sekolah adalah rumah kedua kami dan kami harus menjaga persahabatan dan hubungan manusia yang kami miliki darinya-Belinha menjawab.
- Brilian, adik perempuanku. Karya kami bagus karena memberikan konstruksi emosional dan interaksi yang penting di antara orang-orang. Tidak ada manusia yang dapat hidup dalam isolasi, apalagi tanpa sumber daya psikologis dan keuangan - dianalisis Amelinha.
- Saya setuju. Pekerjaan sangat penting bagi kita karena membuat kita terlepas dari kerajaan seksi yang berlaku di masyarakat kita, kata Belinha.
- Persis. Kami akan melanjutkan nilai dan sikap kami. Manusia hanya baik di tempat tidur- Amelinha mengamati.
- Berbicara tentang pria, apa pendapat Anda tentang Christian? - Belinha bertanya.
- Dia memenuhi harapan saya. Setelah pengalaman seperti itu, naluri dan pikiran saya selalu meminta lebih banyak menghasilkan ketidakpuasan internal. Apa pendapat Anda? - Ditanyakan Amelinha.

- Itu bagus, tapi aku juga merasa sepertimu: tidak lengkap. Aku kering cinta dan seks. Saya ingin lebih dan lebih. Apa yang kita punya untuk hari ini? - Kata Belinha.

- Saya kehabisan ide. Malam itu dingin, gelap dan gelap. Apakah Anda mendengar suara bising di luar? Ada banyak hujan, angin kencang, kilat dan guntur. Saya takut! - Kata Amelinha.

- Saya juga! - Belinha mengaku.

Pada saat ini, petir yang menggelegar terdengar di seluruh Arcoverde. Amelinha melompat ke pangkuan Belinha yang menjerit kesakitan dan putus asa. Di saat yang sama, listrik yang kurang, membuat mereka berdua putus asa.

- Apa sekarang? Apa yang akan kita lakukan Belinha? - Ditanyakan Amelinha.

- Lepaskan aku, jalang! Aku akan ambil lilinnya! - Kata Belinha. Belinha dengan lembut mendorong adiknya ke sisi sofa saat dia meraba-raba dinding untuk sampai ke dapur. Karena rumahnya relatif kecil, tidak butuh waktu lama untuk menyelesaikan operasi ini. Dengan bijaksana, dia mengambil lilin di lemari dan menyalakannya dengan korek api yang ditempatkan secara strategis di atas kompor.

Dengan penerangan lilin, dia dengan tenang kembali ke ruangan tempat dia bertemu dengan saudara perempuannya dengan senyum misterius terbuka lebar di wajahnya. Apa yang dia lakukan?

- Kamu bisa curat, kakak! Saya tahu Anda sedang memikirkan sesuatu- Kata Belinha .

- Bagaimana jika kita menyebut pemadam kebakaran kota sebagai peringatan adanya kebakaran? Kata Amelinha.

- Biarkan aku meluruskan ini. Anda ingin menciptakan api fiksi untuk memikat orang-orang ini? Bagaimana jika kita ditangkap? - Belinha takut.

- Kolega saya! Saya yakin mereka akan menyukai kejutannya. Apa yang lebih baik yang harus mereka lakukan di malam yang gelap dan membosankan seperti ini? - kata Amelinha.

- Kamu benar. Mereka akan berterima kasih atas kesenangannya. Kami akan memecah api yang menghabiskan kami dari dalam. Sekarang, pertanyaannya muncul: Siapa yang berani menelepon mereka? - tanya Belinha.
- Aku sangat malu. Aku serahkan tugas ini padamu, saudariku- Kata Amelinha.
- Selalu aku. Baik. Adapun yang terjadi - Belinha menyimpulkan.

Bangun dari sofa, Belinha pergi ke meja di sudut tempat ponsel dipasang. Dia menelepon nomor darurat pemadam kebakaran dan menunggu untuk dijawab. Setelah beberapa sentuhan, dia mendengar suara yang dalam dan tegas berbicara dari sisi lain.

- Selamat malam. Ini adalah pemadam kebakaran. Apa yang kamu inginkan?
- Nama saya Belinha. Saya tinggal di lingkungan Saint Christopher di sini di Arcoverde. Adik saya dan saya putus asa dengan semua hujan ini. Ketika listrik padam di sini di rumah kami, menyebabkan korsleting, mulai membuat benda-benda terbakar. Untungnya, saya dan adik saya keluar. Api perlahan membakar rumah. Kami membutuhkan bantuan petugas pemadam kebakaran- kata gadis itu tertekan.
- Tenang saja, temanku. Kami akan segera ke sana. Dapatkah Anda memberikan informasi mendetail tentang lokasi Anda? - Tanya petugas pemadam kebakaran yang bertugas.
- Rumah saya persis di Jalan tengah, rumah ketiga di sebelah kanan. Apa itu tidak masalah bagi kalian?
- Aku tahu dimanah itu. Kami akan sampai dalam beberapa menit. Tenang- Kata petugas pemadam kebakaran.
- Kami menunggu. Terima kasih! - Terima kasih Belinha.

Kembali ke sofa dengan senyum lebar, mereka berdua melepaskan bantal mereka dan mendengus dengan kesenangan yang mereka lakukan. Namun, hal ini tidak disarankan untuk dilakukan kecuali mereka berdua adalah pelacur.

Sekitar sepuluh menit kemudian, mereka mendengar ketukan di pintu dan pergi untuk menjawabnya. Ketika mereka membuka pintu, mereka menghadapi tiga wajah magis, masing-masing dengan keindahan yang khas. Yang satu berkulit hitam, tinggi enam kaki, kaki dan lengan sedang. Yang lainnya berkulit gelap, tinggi satu meter dan sembilan puluh, berotot dan seperti patung. Yang ketiga berkulit putih, pendek, kurus, tapi sangat manis. Bocah kulit putih itu ingin memperkenalkan dirinya:

- Hai, nona-nona, selamat malam! Nama saya Roberto. Pria di sebelah ini bernama Matthew dan pria berkulit coklat, Philip. Siapa nama Anda dan di mana apinya?

- Saya Belinha, saya berbicara dengan Anda di telepon. Brunette ini adalah adikku Amelinha. Masuk dan saya akan menjelaskannya kepada Anda.

- Oke - Mereka menangkap tiga petugas pemadam kebakaran pada saat bersamaan.

Kuintet memasuki rumah dan semuanya tampak normal karena listrik telah kembali. Mereka duduk di sofa di ruang tamu bersama dengan para gadis. Mencurigakan, mereka bercakap-cakap.

- Api sudah berakhir, bukan? - tanya Matthew.

- Iya. Kami sudah mengendalikannya berkat usaha keras- jelas Amelinha.

- Kasihan! Saya sudah lama ingin bekerja. Di barak itu rutinitasnya monoton, kata Felipe.

- Saya punya ide. Bagaimana kalau bekerja dengan cara yang lebih menyenangkan? - Belinha menyarankan.

- Maksud Anda, Anda adalah apa yang saya pikirkan? - Mempertanyakan Felipe.

- Iya. Kami wanita lajang yang menyukai kesenangan. Ingin bersenang-senang? - tanya Belinha.

- Hanya jika Anda pergi sekarang- jawab orang kulit hitam.

- Aku juga - kata si Manusia Coklat.

- Tunggu- Anak laki-laki kulit putih tersedia.

- Jadi, ayo- Kata para gadis.

Kuintet itu memasuki kamar dengan berbagi tempat tidur ganda. Kemudian mulailah pesta seks. Belinha dan Amelinha bergantian menghadiri kesenangan ketiga petugas pemadam kebakaran. Segalanya tampak ajaib dan tidak ada perasaan yang lebih baik daripada bersama mereka. Dengan hadiah yang bervariasi, mereka mengalami variasi seksual dan posisi yang menciptakan gambaran yang sempurna.

Gadis-gadis itu tampak tak pernah puas dalam gairah seksual mereka yang membuat para profesional itu gila. Mereka melewati malam berhubungan seks dan kesenangan itu sepertinya tidak pernah berakhir. Mereka tidak pergi sampai mereka mendapat telepon mendesak dari tempat kerja. Mereka berhenti dan pergi untuk menjawab laporan polisi. Meski begitu, mereka tidak akan pernah melupakan pengalaman indah itu bersama para "Suster sesat".

Konsultasi Kesehatan

Itu terjadi di ibu kota pedalaman yang indah. Biasanya, dua saudara perempuan mesum itu bangun lebih awal. Namun, ketika mereka bangun, mereka merasa tidak enak badan. Sementara Amelinha terus bersin, adiknya Belinha merasa sedikit tercekik. Fakta-fakta ini mungkin datang dari malam sebelumnya di Virginia War Square di mana mereka minum, berciuman di mulut dan mendengus serasi di malam yang tenang.

Karena mereka merasa tidak enak badan dan tidak memiliki kekuatan untuk apa pun, mereka duduk di sofa memikirkan apa yang harus dilakukan karena komitmen profesional sedang menunggu untuk diselesaikan.

- Apa yang kita lakukan, saudari? Aku benar-benar kehabisan nafas dan kelelahan- Kata Belinha.

- Beritahu aku tentang itu! Saya sakit kepala dan mulai terkena virus. Kita tersesat! - Kata Amelinha.

- Tapi menurutku itu bukan alasan untuk melewatkan pekerjaan! Orang-orang bergantung pada kita! - Kata Belinha

- Tenang, jangan panik! Bagaimana kalau kita bergabung dengan yang baik? - Amelinha yang disarankan.

- Jangan bilang kamu sedang memikirkan apa yang aku pikirkan .... - Belinha kagum.

- Betul sekali. Ayo pergi ke dokter bersama! Ini akan menjadi alasan yang bagus untuk melewatkan pekerjaan dan siapa tahu tidak terjadi apa yang kita inginkan! - Kata Amelinha

- Ide yang hebat! Jadi apa yang kita tunggu? Ayo bersiap! - tanya Belinha.

- Ayolah! - Amelinha setuju.

Keduanya pergi ke kandang masing-masing. Mereka sangat bersemangat dengan keputusan itu; mereka bahkan tidak terlihat sakit. Apakah itu semua hanya ciptaan mereka? Maafkan saya, pembaca, jangan berpikir buruk tentang teman-teman kita yang terkasih. Sebaliknya, kami akan menemani mereka dalam babak baru kehidupan mereka yang menarik ini.

Di kamar tidur, mereka mandi di suit mereka, memakai baju dan sepatu baru, menyisir rambut panjang mereka, memakai parfum Perancis dan kemudian pergi ke dapur. Di sana, mereka menghancurkan telur dan keju yang mengisi dua potong roti dan makan dengan jus dingin. Semuanya sangat enak. Meski begitu, mereka sepertinya tidak merasakannya karena rasa cemas dan gugup di depan janji dengan dokter begitu dahsyat.

Dengan segala sesuatunya siap, mereka meninggalkan dapur untuk keluar rumah. Dengan setiap langkah yang mereka ambil, hati kecil mereka berdebar-debar dengan pemikiran emosi dalam pengalaman yang benar-benar baru. Terberkatilah mereka semua! Optimisme menguasai mereka dan merupakan sesuatu yang harus diikuti oleh orang lain!

Di luar rumah, mereka pergi ke garasi. Membuka pintu dalam dua upaya, mereka berdiri di depan mobil merah sederhana. Meskipun selera mereka bagus pada mobil, mereka lebih memilih yang populer daripada klasik karena takut akan kekerasan umum yang terjadi di hampir semua wilayah Brasil.

Tanpa penundaan, gadis-gadis itu memasuki mobil dan memberikan jalan keluar dengan hati-hati dan kemudian salah satu dari mereka menutup garasi kembali ke mobil segera setelahnya. Yang mengemudi adalah Amelinha dengan pengalaman sudah sepuluh tahun. Belinha belum diizinkan mengemudi.

Rute yang sangat pendek antara rumah mereka dan rumah sakit dilakukan dengan aman, harmonis dan tenang. Pada saat itu, mereka memiliki perasaan yang salah bahwa mereka bisa melakukan apa saja. Secara kontradiktif, mereka takut akan kelicikan dan kebebasannya. Mereka sendiri dikejutkan dengan tindakan yang diambil. Bukan untuk apa-apa mereka disebut bajingan pelacur baik!

Sesampainya di rumah sakit, mereka menjadwalkan janji temu dan menunggu untuk dipanggil. Dalam selang waktu ini, mereka memanfaatkan membuat makanan ringan dan bertukar pesan melalui aplikasi seluler dengan para pelayan seksual tersayang. Lebih sinis dan ceria dari ini, itu mustahil!

Setelah beberapa saat, giliran mereka yang terlihat. Tak terpisahkan, mereka memasuki kantor perawatan. Saat ini terjadi, dokter hampir mengalami serangan jantung. Di depan mereka ada seorang pria langka: Seorang pria berambut pirang tinggi, satu meter dan tinggi sembilan puluh sentimeter, berjanggut, rambut membentuk ekor kuda, lengan dan dada berotot, wajah alami dengan tampilan seperti malaikat. Bahkan sebelum mereka dapat menyusun reaksi, dia mengundang:

- Duduklah, kalian berdua!
- Terima kasih! - Mereka mengatakan keduanya.

Keduanya punya waktu untuk membuat analisis cepat tentang lingkungan: Di depan meja layanan, dokter, kursi tempat dia duduk, dan di belakang lemari. Di sisi kanan, ada tempat tidur. Di dinding, lukisan ekspresionisme oleh penulis Cândido Portinari menggambarkan seorang pria dari pedesaan. Suasananya sangat nyaman membuat para gadis merasa nyaman. Suasana relaksasi dipecah oleh aspek formal konsultasi.

- Katakan padaku apa yang kamu rasakan, perempuan!

Itu terdengar informal bagi gadis-gadis itu. Betapa manisnya pria pirang itu! Pasti enak untuk dimakan.

- Sakit kepala, sakit kepala, dan virus! - Memberitahu Amelinha.
- Saya terengah-engah dan lelah! - Dia mengklaim Belinha.
- Tidak apa-apa! Biar saya lihat! Berbaringlah di tempat tidur! - Dokter bertanya.

Para pelacur itu hampir tidak bernafas atas permintaan ini. Para profesional menyuruh mereka melepas sebagian pakaian mereka dan meraba mereka di berbagai bagian yang menyebabkan kedinginan dan keringat dingin. Menyadari bahwa tidak ada yang serius dengan mereka, petugas tersebut bercanda:

- Semuanya terlihat sempurna! Apa yang Anda ingin mereka takuti? Suntikan di pantat?
- Aku menyukainya! Jika sudah injeksi besar dan tebal lebih baik lagi! - Kata Belinha.
- Maukah kamu melamar perlahan, sayang? - Kata Amelinha.
- Anda sudah meminta terlalu banyak! - Tercatat dokter.

Dengan hati-hati menutup pintu, dia jatuh pada gadis-gadis itu seperti binatang buas. Pertama, dia melepas sisa pakaian dari tubuh. Ini semakin mempertajam libidonya. Dengan telanjang bulat, sesaat dia mengagumi makhluk-makhluk pahatan itu. Kemudian gilirannya untuk pamer. Dia memastikan mereka melepas pakaian mereka. Ini meningkatkan interaksi dan keintiman di antara kelompok.

Dengan segala sesuatunya siap, mereka memulai pendahuluan tentang seks. Menggunakan lidah di bagian sensitif seperti anus, pantat dan telinga si pirang menyebabkan orgasme kesenangan mini pada kedua wanita. Semuanya baik-baik saja bahkan ketika seseorang terus mengetuk pintu. Tidak ada jalan keluar, dia harus menjawab. Dia berjalan sedikit dan membuka pintu. Saat melakukannya, dia bertemu dengan perawat siap panggil: seorang blasteran ramping, dengan kaki kurus dan sangat rendah.

- Dokter, saya punya pertanyaan tentang pengobatan pasien: apakah itu lima atau tiga ratus miligram Aspirin? - Ditanyakan Roberto menunjukkan resep.
- Lima ratus! - Dikonfirmasi Alex.

Saat ini, perawat melihat kaki gadis telanjang yang berusaha bersembunyi. Tertawa di dalam.

- Bercanda sedikit, ya, Dok? Bahkan jangan menelepon temanmu!
- Permisi! Anda ingin bergabung dengan geng?
- Aku sangat ingin!
- Kalau begitu ayo!

Keduanya memasuki ruangan dan menutup pintu di belakang mereka. Lebih dari cepat, sang blasteran melepas pakaiannya. Benar-benar telanjang, dia menunjukkan tiangnya yang panjang, tebal, dan berurat sebagai piala. Belinha sangat senang dan segera memberinya seks oral. Alex pun menuntut agar Amelinha melakukan hal yang sama padanya. Setelah oral, mereka mulai anal. Di bagian ini, Belinha merasa sangat sulit untuk berpegangan pada ayam monster perawat. Tapi begitu masuk ke dalam lubang, kesenangan mereka luar biasa. Di sisi lain, mereka tidak merasa kesulitan karena penis mereka normal.

Kemudian mereka melakukan hubungan seks vaginal dengan berbagai posisi. Gerakan bolak-balik di rongga tersebut menyebabkan halusinasi di dalamnya. Setelah tahap ini, keempatnya bersatu dalam satu kelompok seks. Itu adalah pengalaman terbaik di mana energi yang tersisa dihabiskan. Lima belas menit kemudian, keduanya terjual habis. Bagi para suster, seks tidak akan pernah berakhir, tapi bagus karena mereka dihormati karena kelemahan laki-laki itu. Tidak ingin mengganggu pekerjaannya, mereka berhenti mengambil surat keterangan pembenaran pekerjaan dan telepon pribadi mereka. Mereka benar-benar tenang tanpa menarik perhatian siapa pun selama menyeberang di rumah sakit.

Sesampainya di tempat parkir, mereka masuk ke dalam mobil dan memulai perjalanan pulang. Bahagia apa adanya, mereka sudah memikirkan tentang kenakalan seksual mereka selanjutnya. Kakak beradik mesum itu benar-benar sesuatu!

Pelajaran privat

Itu adalah sore hari seperti biasanya. Para pendatang baru dari pekerjaan, para suster mesum sibuk dengan pekerjaan rumah tangga. Setelah menyelesaikan semua tugas, mereka berkumpul di kamar untuk istirahat sebentar. Saat Amelinha membaca buku, Belinha menggunakan internet seluler untuk menjelajahi situs web favoritnya.

Di beberapa titik, yang kedua berteriak keras di dalam ruangan, yang membuat takut adiknya.

-Apa itu, Naik? Kamu gila? - Ditanyakan Amelinha.

-Saya baru saja mengakses situs web kontes yang diberi informasi kejutan yang bersyukur.

-Beri tahu aku lebih banyak!

-Registrasi pengadilan regional federal terbuka. Mari lakukan?

-Telepon yang bagus, adikku! Berapa gajinya

-Lebih dari sepuluh ribu dolar awal.

-Baik sekali! Pekerjaan saya lebih baik. Namun, saya akan membuat kontes karena saya sedang mempersiapkan diri untuk mencari acara lain. Ini akan berfungsi sebagai eksperimen.

-Anda melakukannya dengan sangat baik! Anda mendorong saya. Sekarang, saya tidak tahu harus mulai dari mana. Bisakah Anda memberi saya tipe?

-Beli kursus virtual, ajukan banyak pertanyaan di situs tes, lakukan dan ulangi tes sebelumnya, tulis ringkasan, tonton tipis, dan unduh materi bagus di internet.

-Terima kasih! Saya akan menerima semua saran ini! Tapi saya butuh sesuatu yang lebih. Dengar, saudaraku, karena kita punya uang, bagaimana kalau kita membayar les privat?

-Aku tidak memikirkan itu. Itu ide yang bagus! Apakah Anda punya saran untuk orang yang kompeten?

-Aku punya guru yang sangat kompeten di sini dari Arcoverde di kontak teleponku. Lihat fotonya!

Belinha memberikan ponselnya kepada adiknya. Melihat foto anak laki-laki itu, dia sangat gembira. Selain tampan, dia juga pintar! Ini akan menjadi korban yang sempurna dari pasangan yang menggabungkan yang berguna ke yang menyenangkan.

-Apa yang kita tunggu? Tangkap dia, adik! Kita perlu belajar segera. - Kata Amelinha.

-Anda mendapatkannya! - Belinha diterima.

Bangun dari sofa, dia mulai memutar nomor telepon di papan nomor. Setelah panggilan dibuat, hanya perlu beberapa saat untuk dijawab.

-Halo. Kamu baik-baik saja?

- Semuanya bagus, Renato.

-Kirim pesanan.

-Saya sedang menjelajahi Internet ketika saya menemukan bahwa aplikasi untuk kompetisi pengadilan regional federal terbuka. Saya segera menamai pikiran saya sebagai guru yang terhormat. Apakah kamu ingat musim sekolah?

-Aku ingat waktu itu dengan baik. Saat-saat menyenangkan bagi mereka yang tidak kembali!

-Betul sekali! Apakah Anda punya waktu untuk memberi kami pelajaran pribadi?

-Apa percakapan, nona muda! Untukmu aku selalu punya waktu! Tanggal berapa kita tentukan?

-Bisakah kita melakukannya besok jam 2:00? Kita harus mulai!

-Tentu saja! Dengan bantuan saya, saya dengan rendah hati mengatakan bahwa peluang untuk lulus meningkat luar biasa.

-Aku yakin itu!

-Bagus! Anda bisa mengharapkan saya jam 2:00.

-Terima kasih banyak! Sampai jumpa besok!

-Sampai jumpa lagi!

Belinha menutup telepon dan membuat sketsa senyum untuk temannya. Mencurigai jawabannya, Amelinha bertanya:
-Bagaimana hasilnya?
-Dia diterima. Besok jam 2 dia akan ada di sini.
-Bagus! Saraf membunuhku!
-Tenang saja, saudari! Semua akan baik-baik saja.
-Amin!
-Baikkah kita menyiapkan makan malam? Saya sudah lapar!
-Diingat dengan baik.!

Pasangan itu pergi dari ruang tamu ke dapur di mana di lingkungan yang menyenangkan berbicara, bermain, memasak, di antara aktivitas lainnya. Mereka adalah sosok teladan para suster yang dipersatukan oleh rasa sakit dan kesepian. Fakta bahwa mereka adalah bajingan dalam seks hanya membuat mereka lebih memenuhi syarat. Seperti yang kalian ketahu bersama, wanita Brazil memiliki darah hangat.

Segera setelah itu, mereka bersahabat di sekitar meja, memikirkan tentang kehidupan dan perubahannya.

-Makan ayam yang lezat ini, saya ingat pria kulit hitam dan petugas pemadam kebakaran! Saat-saat yang sepertinya tidak pernah berlalu! - Kata Belinha!

- Beritahu aku tentang itu! Orang-orang itu enak! Belum lagi perawat dan dokternya! Saya menyukainya juga! - Teringat Amelinha!

-Benar sekali, adikku! Memiliki tiang yang indah, siapa pun menjadi menyenangkan! Semoga para feminin memaafkan saya!

-Kita tidak perlu terlalu radikal ...!

Keduanya tertawa dan terus memakan makanan di atas meja. Untuk sesaat, tidak ada lagi yang penting. Mereka sepertinya sendirian di dunia dan itu membuat mereka memenuhi syarat sebagai Dewi kecantikan dan cinta. Karena yang terpenting adalah merasa nyaman dan memiliki harga diri.

Percaya diri, mereka melanjutkan ritual keluarga. Pada akhir tahap ini, mereka menjelajahi internet, mendengarkan musik di stereo ruang tamu, menonton sinetron dan, kemudian, film porno. Ketegasan ini membuat mereka terengah-engah dan lelah sehingga memaksa mereka untuk beristirahat di kamar masing-masing. Mereka sangat menantikan hari berikutnya.

Tidak akan lama sebelum mereka tertidur lelap. Selain mimpi buruk, malam dan fajar terjadi dalam kisaran normal. Begitu fajar tiba, mereka bangun dan mulai mengikuti rutinitas normal: Mandi, sarapan pagi, kerja, pulang ke rumah, mandi, makan siang, tidur siang dan pindah ke kamar tempat mereka menunggu jadwal kunjungan.

Ketika mereka mendengar ketukan di pintu, Belinha bangkit dan pergi untuk menjawab. Saat melakukan itu, dia bertemu dengan guru yang tersenyum. Ini menyebabkan kepuasan internal yang baik.

-Selamat datang kembali, temanku! Siap mengajari kami?

-Ya, sangat, sangat siap! Sekali lagi terima kasih atas kesempatan ini! - Kata Renato.

-Ayo masuk! - Kata Belinha.

Anak laki-laki itu tidak berpikir dua kali dan menerima permintaan gadis itu. Dia menyapa Amelinha dan atas isyaratnya, duduk di sofa. Sikap pertamanya adalah melepas blus rajutan hitam karena terlalu panas. Dengan ini, dia meninggalkan pelindung dadanya yang sudah berfungsi dengan baik di gum, keringat menetes dan cahayanya yang berkulit gelap. Semua detail ini adalah afrodisiak alami bagi kedua "Penyimpan" itu.

Berpura-pura tidak ada yang terjadi, percakapan dimulai di antara mereka bertiga.

-Apakah Anda mempersiapkan kelas yang baik, profesor? - Ditanyakan Amelinha.

-Iya! Mari kita mulai dengan artikel apa? - Tanya Renato.

-Aku tidak tahu ... - kata Amelinha.

-Bagaimana kalau kita bersenang-senang dulu? Setelah kamu melepas bajumu, aku basah! - Mengaku Belinha.

-Aku juga- Kata Amelinha.

-Kalian berdua benar-benar maniak seks! Bukankah itu yang aku suka? - Kata tuannya.

Tanpa menunggu jawaban, ia melepas celana jeans birunya yang memperlihatkan otot-otot aduktor di pahanya, kacamata hitamnya menunjukkan mata birunya dan terakhir celana dalamnya yang menunjukkan kesempurnaan penis yang panjang, tebal sedang dan dengan kepala segitiga. Cukup bagi para pelacur kecil untuk jatuh ke atas dan mulai menikmati tubuh yang gagah dan periang itu. Dengan bantuannya, mereka melepas pakaian mereka dan memulai pendahuluan seks.

Singkatnya, ini adalah pertemuan seksual yang luar biasa di mana mereka mengalami banyak hal baru. Hampir empat puluh menit seks liar dalam harmoni total. Pada saat-saat ini, emosi begitu besar sehingga mereka bahkan tidak memperhatikan ruang dan waktu. Oleh karena itu, mereka tidak terbatas melalui kasih Tuhan.

Ketika mereka mencapai ekstasi, mereka beristirahat sebentar di sofa. Mereka kemudian mempelajari disiplin ilmu yang dibebankan oleh kompetisi. Sebagai siswa, keduanya sangat membantu, cerdas dan disiplin, yang dicatat oleh guru. Saya yakin mereka sedang dalam proses untuk mendapatkan persetujuan.

Tiga jam kemudian, mereka berhenti menjanjikan pertemuan pelajaran baru. Bahagia dalam hidup, saudara perempuan mesum pergi untuk mengurus tugas mereka yang lain sudah memikirkan petualangan mereka selanjutnya. Mereka dikenal di kota itu sebagai " Yang tak pernah puas ".

Tes kompetisi

Sudah lama tidak bertemu. Selama sekitar dua bulan, para suster mesum mendedikasikan diri mereka untuk kontes sesuai dengan waktu yang tersedia. Setiap hari berlalu, mereka lebih siap untuk apa pun yang datang dan pergi. Pada saat yang sama, ada hubungan seksual dan pada saat-saat ini mereka dibebaskan.

Hari ujian akhirnya tiba. Berangkat pagi-pagi dari ibu kota di pedalaman, kedua saudari ini mulai menyusuri jalan raya BR 232 dengan total rute 250 Km. Dalam perjalanan, mereka melewati titik-titik utama pedalaman negara bagian: Pesqueira, Belo Jardim, São Caetano, Caruaru, Gravatá, Bezerros dan Vitória de Santo Antão. Masing-masing kota ini memiliki cerita untuk diceritakan dan dari pengalaman mereka menyerapnya sepenuhnya. Betapa menyenangkannya melihat pegunungan, hutan Atlantik, pertanian, peternakan, desa, kota-kota kecil dan untuk menghirup udara bersih yang datang dari hutan. Pernambuco adalah negara bagian yang sangat indah!

    Memasuki perimeter perkotaan ibu kota, mereka merayakan realisasi Perjalanan yang baik. Ambil jalan utama ke lingkungan yang baik perjalanan di mana mereka akan melakukan tes. Dalam perjalanan, mereka menghadapi kemacetan lalu lintas, ketidakpedulian dari orang asing, udara yang tercemar dan kurangnya bimbingan. Tapi akhirnya mereka berhasil. Mereka memasuki gedung masing-masing, mengidentifikasi diri mereka sendiri dan memulai ujian yang akan berlangsung selama dua periode. Selama bagian pertama tes, mereka benar-benar fokus pada tantangan pertanyaan pilihan ganda. Dielaborasi dengan baik oleh bank yang bertanggung jawab atas acara tersebut, mendorong elaborasi yang paling beragam dari keduanya. Dalam pandangan mereka, mereka melakukannya dengan baik. Ketika mereka istirahat, mereka keluar untuk makan siang dan minum jus di sebuah restoran di depan gedung. Saat-saat ini penting bagi mereka untuk menjaga kepercayaan, hubungan, dan persahabatan mereka.

    Setelah itu, mereka kembali ke lokasi pengujian. Kemudian dimulailah periode kedua acara dengan masalah-masalah yang berhubungan dengan disiplin ilmu lain. Bahkan tanpa menjaga kecepatan yang sama, mereka masih sangat tanggap dalam menanggapi. Mereka membuktikan dengan cara ini bahwa cara terbaik untuk lulus kontes adalah dengan mencurahkan banyak waktu untuk belajar. Beberapa saat kemudian, mereka mengakhiri partisipasi percaya diri mereka. Mereka menyerahkan barang bukti, kembali ke mobil, bergerak menuju pantai yang terletak di dekatnya.

    Dalam perjalanan, mereka bermain, menyalakan suara, mengomentari balapan dan maju di jalan-jalan Recife menyaksikan jalan-jalan ibu kota yang diterangi karena hari sudah hampir malam. Mereka mengagumi tontonan yang dilihat. Tak heran jika kota ini dikenal sebagai "Ibukota daerah tropis". Matahari terbenam memberikan lingkungan tampilan yang lebih indah. Betapa senangnya berada di sana pada saat itu!

Ketika mereka mencapai titik baru, mereka mendekati tepi laut dan kemudian meluncur ke perairannya yang dingin dan tenang. Perasaan yang di provokasi adalah kegembiraan, kepuasan, kepuasan, dan kedamaian. Kehilangan waktu, mereka berenang sampai lelah. Setelah itu, mereka berbaring di pantai di bawah cahaya bintang tanpa rasa takut atau khawatir. Sihir menguasai mereka dengan cemerlang. Satu kata yang digunakan dalam kasus ini adalah "Tak Terukur".

Di beberapa titik, dengan pantai yang hampir sepi, dua pria dari gadis-gadis itu mendekat. Mereka mencoba berdiri dan lari saat menghadapi bahaya. Tapi mereka dihentikan oleh tangan kuat anak laki-laki itu.

- Tenang saja, perempuan! Kami tidak akan menyakitimu! Kami hanya meminta sedikit perhatian dan kasih sayang! - Salah satunya berbicara.

Dihadapkan dengan nada lembut, gadis-gadis itu tertawa terbahak-bahak. Jika mereka menginginkan seks, mengapa tidak memuaskan mereka? Mereka ahli dalam seni ini. Menanggapi ekspektasi mereka, mereka berdiri dan membantu melepas pakaian mereka. Mereka mengirimkan dua kondom dan membuat striptis. Itu sudah cukup untuk membuat kedua pria itu gila.

Jatuh ke tanah, mereka saling mencintai berpasangan dan gerakan mereka membuat lantai bergetar. Mereka membiarkan diri mereka sendiri mengalami semua variasi seksual dan keinginan keduanya. Pada titik penyampaian ini, mereka tidak peduli tentang apa pun atau siapa pun. Bagi mereka, mereka sendirian di alam semesta dalam ritual cinta yang agung tanpa prasangka. Dalam seks, mereka saling terkait sepenuhnya menghasilkan kekuatan yang belum pernah terlihat sebelumnya. Seperti instrumen, mereka adalah bagian dari kekuatan yang lebih besar dalam kelangsungan hidup.

Kelelahan saja memaksa mereka untuk berhenti. Sepenuhnya puas, orang-orang itu berhenti dan pergi. Gadis-gadis itu memutuskan untuk kembali ke mobil. Mereka memulai perjalanan kembali ke tempat tinggal mereka. Benar-benar baik, mereka membawa pengalaman mereka dan mengharapkan kabar baik tentang kontes yang mereka ikuti. Mereka tentu saja pantas mendapatkan keberuntungan terbaik di dunia.

Tiga jam kemudian, mereka pulang dengan damai. Mereka berterima kasih kepada Tuhan atas berkah yang diberikan dengan pergi tidur. Di hari lain, saya menunggu lebih banyak emosi untuk kedua maniak itu.

Kembalinya guru

Fajar. Matahari terbit lebih awal dengan sinarnya melewati celah-celah jendela yang akan membelai wajah bayi-bayi kita tersayang. Selain itu, angin pagi yang sejuk membantu menciptakan suasana hati mereka. Betapa senangnya memiliki kesempatan di hari lain dengan berkat Bapa. Perlahan, keduanya bangun dari tempat tidur masing-masing di waktu yang hampir bersamaan. Setelah mandi, pertemuan mereka berlangsung di kanopi tempat mereka menyiapkan sarapan bersama. Ini adalah momen kegembiraan, antisipasi, dan gangguan berbagi pengalaman di saat-saat yang sangat fantastis.

Setelah sarapan siap, mereka berkumpul di sekitar meja dengan nyaman duduk di kursi kayu dengan sandaran untuk kolom. Saat mereka makan, mereka bertukar pengalaman intim.

Belinha

Adikku, apa itu tadi?

Amelinha

Emosi murni! Saya masih ingat setiap detail tubuh para kretin tersayang itu!

Belinha
Saya juga! Saya merasa sangat senang. Itu hampir ekstra-indriawi.
Amelinha
Aku tahu! Ayo lakukan hal-hal gila ini lebih sering!
Belinha
Saya setuju!
Amelinha
Apakah Anda menyukai tes ini?
Belinha
Saya menyukainya. Saya sangat ingin memeriksa kinerja saya!
Amelinha
Saya juga!

Segera setelah mereka selesai menyusui, gadis-gadis itu mengambil ponsel mereka dengan mengakses internet seluler. Mereka menavigasi ke halaman organisasi untuk memeriksa umpan balik dari buktinya. Mereka menuliskannya di atas kertas dan pergi ke kamar untuk memeriksa jawabannya.

Di dalam, mereka melompat kegirangan saat melihat nada yang bagus. Mereka telah lulus! Emosi yang dirasakan tidak dapat ditahan sekarang. Setelah banyak merayakan, dia punya ide terbaik: Undang Guru Renato agar mereka bisa merayakan keberhasilan misinya. Belinha kembali bertanggung jawab atas misinya. Dia mengangkat telepon dan panggilannya.

Belinha
Halo?
Renato
Hai apa kamu baik saja Bagaimana kabarmu, Belinha manis?
Belinha
Sangat baik! Tebak apa yang baru saja terjadi.
Renato
Jangan beritahu aku kamu ....
Belinha
Iya! Kami lulus kontes!

Renato
Ucapan selamatku! Bukankah aku sudah memberitahumu?
Belinha
Saya ingin mengucapkan terima kasih banyak atas kerja sama Anda dalam segala hal. Anda mengerti saya, bukan?
Renato
Saya mengerti. Kita perlu mengatur sesuatu. Lebih disukai di rumah Anda.
Belinha
Itulah mengapa saya menelepon. Bisakah kita melakukannya hari ini?
Renato
Iya! Saya bisa melakukannya malam ini.
Belinha
Bertanya-tanya. Kami mengharapkan Anda pada pukul delapan malam.
Renato
Baik. Bisakah saya membawa saudara laki-laki saya?
Belinha
Tentu saja!
Renato
Sampai jumpa lagi!
Belinha
Sampai jumpa lagi!

 Koneksi berakhir. Melihat adiknya, Belinha tertawa bahagia. Penasaran, yang lain bertanya:
Amelinha
Terus? apa dia datang?
Belinha
Semuanya baik saja! Pukul delapan malam ini kita akan berkumpul kembali. Dia dan saudaranya akan datang! Pernahkah Anda memikirkan tentang pesta seks?
Amelinha

Beritahu aku tentang itu! Emosiku sudah berdenyut-denyut!
Belinha
Jadilah hati! Saya harap ini berhasil!
Amelinha
- Semuanya berhasil!

Keduanya tertawa secara bersamaan mengisi lingkungan dengan getaran positif. Pada saat itu, saya tidak ragu bahwa takdir berkonspirasi untuk malam yang menyenangkan bagi dua maniak itu. Mereka telah mencapai begitu banyak tahapan bersama sehingga mereka tidak akan melemah sekarang. Karena itu mereka harus terus mengidolakan pria sebagai permainan seksual dan kemudian membuang mereka. Setidaknya itulah yang bisa dilakukan ras untuk membayar penderitaan mereka. Nyatanya, tidak ada wanita yang pantas menderita. Atau lebih tepatnya, hampir setiap wanita tidak pantas menderita sakit.

Waktunya berangkat kerja. Meninggalkan kamar yang sudah siap, kedua saudara perempuan itu pergi ke garasi tempat mereka pergi dengan mobil pribadi mereka. Amelinha membawa Belinha ke sekolah terlebih dahulu dan kemudian pergi ke kantor pertanian. Di sana, dia memancarkan kegembiraan dan memberi tahu berita profesional. Atas persetujuan kompetisi, dia menerima ucapan selamat dari semuanya. Hal yang sama terjadi pada Belinha.

Nanti, mereka pulang dan bertemu lagi. Kemudian mulailah persiapan untuk menerima kolega Anda. Hari itu berjanji akan menjadi lebih istimewa.

Tepat pada waktu yang dijadwalkan, mereka mendengar ketukan di pintu. Belinha, yang terpintar di antara mereka, bangkit dan menjawab. Dengan langkah tegas dan aman dia menempatkan dirinya di pintu dan membukanya perlahan. Setelah menyelesaikan operasi ini, dia membayangkan sepasang saudara. Dengan sinyal dari nyonya rumah, mereka masuk dan menetap di sofa di ruang tamu.

Renato
Ini adalah saudara saya. Namanya Ricardo.
Belinha

Senang bertemu denganmu, Ricardo.
Amelinha
Sama-sama di sini!
Ricardo
Saya berterima kasih kepada Anda berdua. Kesenangan adalah milikku!
Renato
Saya siap! Bisakah kita pergi ke kamar?
Belinha
Ayolah!
Amelinha
Siapa mendapatkan siapa sekarang?
Renato
Saya memilih Belinha sendiri.
Belinha
Terima kasih, Renato, terima kasih! Kita bersama!
Ricardo
Saya akan senang tinggal bersama Amelinha!
Amelinha
Anda akan gemetar!
Ricardo
Kita lihat saja nanti!
Belinha
Lalu biarkan pestanya dimulai!

Para pria dengan lembut menempatkan wanita di lengan sambil membawa mereka ke tempat tidur yang terletak di kamar salah satu dari mereka. Sesampainya di tempat, mereka melepas pakaiannya dan jatuh di furnitur cantik memulai ritual cinta di beberapa posisi, saling belaian dan persekutuan. Kegembiraan dan kesenangan begitu besar sehingga erangan yang dihasilkan bisa terdengar di seberang jalan yang membuat marah para tetangga. Maksud saya, tidak terlalu banyak, karena mereka sudah tahu tentang ketenaran mereka.

Dengan kesimpulan dari atas, para kekasih kembali ke dapur tempat mereka minum jus dengan kue. Saat mereka makan, mereka mengobrol selama dua jam, meningkatkan interaksi grup. Betapa senangnya berada di sana untuk belajar tentang kehidupan dan bagaimana menjadi bahagia. Kepuasan adalah menjadi baik dengan diri Anda sendiri dan dengan dunia yang menegaskan pengalaman dan nilainya sebelum orang lain membawa kepastian tidak dapat dihakimi oleh orang lain. Oleh karena itu, maksimum yang mereka yakini adalah "Masing-masing adalah orangnya sendiri".

Menjelang malam, mereka akhirnya mengucapkan selamat tinggal. Para pengunjung meninggalkan "Pirania Tersayang" bahkan dengan lebih euforia ketika memikirkan situasi baru. Dunia terus berputar ke arah dua orang kepercayaan itu. Semoga mereka beruntung!

Akhir

www.ingramcontent.com/pod-product-compliance
Lightning Source LLC
LaVergne TN
LVHW021050100526
838202LV00082B/5424